AF252622

A SAINTE FILOMÈNE

PÈLERINAGE DE THIVET

(1875)

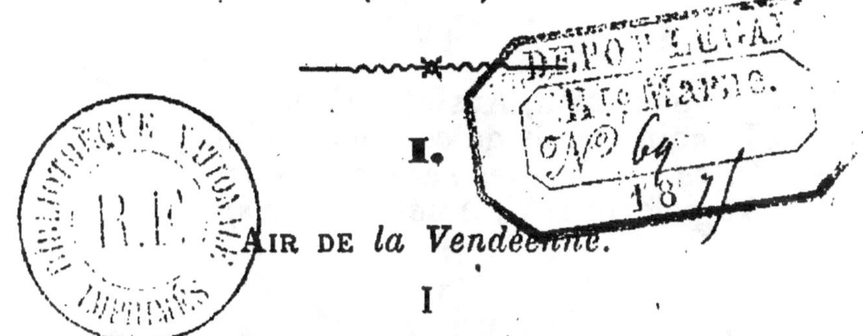

I.

AIR DE *la Vendéenne.*

I

Dans nos jours de crainte et d'effroi,
Auteur des saints pèlerinages,
Filomène, des anciens âges,
Ravive l'ardeur et la foi.   (*bis*)

REFRAIN.

Cœur de Jésus, par sainte Filomène,
Nous venons vous exposer nos douleurs,
Vers vous sa fête nous ramène,   (*bis*)
Prenez pitié de nos malheurs.

II

Allons, courons tous à Thivet,
Fêter cette jeune Héroïne,
Devant elle tout front s'incline,
Chantons à l'envi sa bonté.   (*bis*)

III

Rome autrefois sous les tyrans,
Vous vit descendre aux catacombes,
Aujourd'hui libre de ces tombes,
Au Sacré-Cœur guidez nos rangs.   (*bis*)

IV

Et vous Lyon, Ars et Thivet,
Témoins bénis de cent merveilles,
Dites ces faveurs sans pareilles,
Au pèlerin ravi, muet.   (*bis*)

V

L'Héroïne, des malheureux
N'oublia jamais la prière,
Et comme au penchant de Fourvière,
Thivet la voit les rendre heureux.   (*tis*)

VI

De l'Italie au Lyonnais,
Sa gloire éclate aux bords du Rhône,
Et sur les rives de la Saône,
Ars recueille ses bienfaits.   (*bis*)

VII

En France, un fils de Jean-de-Dieu,
La fait connaître en ses cantiques,
Et Lyon dresse en ses portiques,
A la démence un Hôtel-Dieu.   (*bis*)

VIII

Un modèle de piété (1),
Pour aider le missionnaire,
Et fonder le vivant Rosaire,
Par elle reçut la santé.   (*bis*)

IX

L'infortuné de sa douleur,
Par Filomène avec assurance,
Sollicite la délivrance,
Et soudain lui vient le bonheur.   (*bis*)

X

Lourdes, La Salette et Pontmain,
Ont vu nos nombreuses phalanges,
Saluer la Reine des anges,
Oui, conduites par votre main (2).   (*bis*)

---

(1) Mademoiselle Marie Pauline Jaricot, de Lyon, de sainte mémoire, fondatrice de la Propagation de la foi et du Rosaire vivant, guérie miraculeusement à Mugnano, devant les reliques de sainte Filomène.

(2) Sainte Filomène est l'inspiratrice des grands pèlerinages nationaux. C'est elle qui, à Ars, au pied de son autel, en octobre 1871, a donné à un membre du clergé de Paris, l'idée du premier pèlerinage de La Salette, exécuté en août 1872, au milieu de difficultés inouïes. Ce pèlerinage a donné lieu à celui de Lourdes, en octobre même année, et à tous ceux qui l'ont suivi. N'est-ce pas elle qui a commencé en France les pèlerinages du vivant du vénéré curé d'Ars ?

XI

Vous nous avez vus à Paray,
Depuis Paris, depuis Marseille;
Poussé par une ardeur pareille,
Nous vous bénissons à Thivet.   (*bis*)

XII

Obtenez-nous du Sacré-Cœur,
Qu'il accueille notre démarche,
Que tout Français en chrétien marche,
Dans l'étroit sentier de l'honneur.   (*bis*)

XIII

Par Filomène, O Sacré-Cœur,
Sauvez la France gardant l'Eglise,
Elle a toujours pour sa devise,
De rendre le Pape vainqueur.   (*bis*)

EN PARTANT :

Adieu, Thivet... il faut partir;
Mais dans nos cœurs vit ton image,
Partout de ton pèlerinage
Nous porterons le souvenir.   (*bis*)

II.

Air de la Vendéenne.

I

Filomène petite enfant,
Au divin Cœur s'est consacrée,
Notre enfance est souvent livrée
Au mal que le bon Dieu défend.

REFRAIN.

Cœur de Jésus, l'aimable Filomène,
Vous a donné son cœur et son amour ;
Nous tous qu'en ces lieux elle amène,
Nous nous donnons et sans retour. *(bis)*

II

Que tardons-nous ? Jésus attend
De nos cœurs le fervent hommage,
Il nous montre dans un autre âge,
Filomène au cœur tout aimant. *(bis)*

III

Dans les combats le divin Cœur,
Lui donna courage et vaillance ;
Chrétien, avec cette assistance,
Ne crains pas, tu seras vainqueur. *(bis)*

IV

Que peut un vil persécuteur
Sur ce cœur que Jésus enflamme,
Rien ne peut ébranler notre âme
Quand elle aime le divin Cœur.   *(bis)*

V

Vierge illustre, nous admirons
Votre victoire, elle est si belle !
Jésus, secourez-nous comme elle,
Et toujours nous triompherons. *(bis)*

VI

Aujourd'hui vous régnez aux cieux,
Près de Jésus, près de sa Mère,
Sainte, n'oubliez pas sur terre,
Ceux qui vers vous lèvent les yeux. *(bis)*

VII

Vierge, d'un vif amour pour nous
Vous ne pouvez point vous défendre.
Près de Jésus au Cœur si tendre,
Comment nous délaisseriez-vous? *(bis)*

VIII

Filomène, votre bonté
Pour les hommes est admirable;
Vous imitez, cœur secourable,
Le divin Cœur en charité.   *(bis)*

IX

Qui pourra jamais raconter
Les bienfaits d'une main si bonne?
Les faveurs qu'à tous elle donne
Qui pourra jamais les compter?   *(bis)*

X

Filomène, au Cœur de Jésus,
Présentez toutes nos misères,
Et bientôt les larmes amères,
De nos yeux ne couleront plus.   *(bis)*

XI

Bonne Vierge, nous périssons,
Parlez à Jésus de la France;
Hâtez, hâtez la délivrance
Du Pontife que nous aimons.   *(bis)*

Paroles de M. l'abbé MOLLUET.

III.

Air de l'*Ave Maria*.

I

La foi nous amène
Visiter ces lieux ;
Sainte Filomène
Recevez nos vœux.

REFRAIN.

Aimable Sainte, priez pour nous. *(bis)*

II

Quand Rome païenne
S'abreuvait de sang,
On vit Filomène
Braver le tyran.

III

Rome dans la tombe
La vit se cacher,
Comme la colombe
Au creux du rocher.

IV

Trop longtemps cachée
Aux yeux de l'amour,
Colombe sacrée,
Venez au grand jour.

V

Sa voix vous appelle,
Paraissez enfin,
Epouse fidèle
De l'Epoux divin.

VI

Que votre lumière,
O fille des rois,
Inonde la terre
Encore une fois.

VII

La nuit qui menace
Nous remplit d'effroi,
Le siècle qui passe
A perdu la foi.

VIII

Hélas! dans notre âme
L'amour au déclin
N'a plus qu'une flamme
Qui tremble et qui s'éteint.

IX

Vous dont la puissance
Etonne les Cieux,
Sauvez de la France
Les fils malheureux.

X

Daignez nous entendre
Priant sur ces bords
Et que votre cendre
Ranime les morts!

Paroles de M. l'abbé GAIGNET,
directeur du Grand-Séminaire de Luçon.

IV.

Air : *Faibles mortels, que l'espérance.*

REFRAIN.

Nous venons te fêter, daigne nous recevoir.
Ta bannière
Nous est chère ;
Entends notre prière,
Fais briller ton pouvoir,
Ta clémence
Pour la France,
O Filomène, est encore un espoir.

Dieu sur nous lance son tonnerre,
Mais un secours nous est promis :
Pour fléchir sa juste colère,
Au Ciel nous avons des amis.
Nous venons à toi, Filomène,
Offrir nos maux à ta pitié ;
Car nous avons vu ta bonté
A tous les malheureux étendre son domaine.

Hameau béni que sa tendresse
A comblé de mille faveurs,
Dis-nous, dàns les jours de détresse,
Combien elle essuya de pleurs.
Montre-nous toujours exaucée
La prière du pèlerin
Et tous recevant de sa main
Le bienfait qu'implorait leur foi récompensée.

Il faut régénérer la France,
C'est le plus cher de tous nos vœux.
C'en est fait de l'indifférence
Qui trop longtemps ferma nos yeux
Nous voulons, des siècles antiques,
Retrouver les saintes vertus,
Apprendre l'amour de Jésus
Que nous prêchent bien haut tes augustes reliques.

Pour que notre œuvre s'accomplisse
Et désarme le châtiment,
Enseigne-nous le sacrifice,
Le noble esprit de dévouement.
A Dieu seul consacrer sa vie,
Jusqu'à donner son sang, souffrir,
Et s'il le veut, pour lui mourir,
C'est la grande leçon que toi-même a suivie.

L'Eglise aussi dans la souffrance
En ces temps d'épreuve languit ;
Obtiens enfin la délivrance
Au vicaire de Jésus-Christ.
Hâte le jour de sa victoire,
Mets à ses pieds ses ennemis,
Et que tous les peuples soumis,
S'unissent pleins d'amour pour célébrer sa gloire.

V.

Pitié, mon Dieu, c'est pour Rome et la France,
Qu'à Thivet tous nous venons implorer
Du Sacré-Cœur l'heureuse délivrance,
Par Filomène, entendez-nous pleurer.

REFRAIN.

Dieu de clémence,
O Dieu vainqueur,
Sauvez Rome et la France,
Par votre Sacré-Cœur.

Pitié, mon Dieu, de sainte Filomène
Le Pèlerin réclame le secours ;
Puisqu'à Thivet, l'affliction l'amène,
Comblez ses vœux à présent et toujours.
Dieu de clémence, etc.

Pitié, mon Dieu, donnez-nous le courage
De Filomène en face des tyrans,
Pour mépriser du mécréant la rage,
Nous éloigner à jamais de ses rangs.
Dieu de clémence, etc.

Pitié, mon Dieu, guidez le missionnaire
Pour propager au lointain notre foi ;
De Filomène aux membres du Rosaire
Communiquez l'amour de notre loi.
Dieu de clémence, etc.

Pitié, mon Dieu, vers sainte Filomène,
Sur son grabat le malade éploré
Etend les bras jusqu'à ce qu'elle obtienne
Du Sacré-Cœur le remède assuré.
Dieu de clémence, etc.

VI.

AU CŒUR DE JÉSUS

Refrain.

Dieu de clémence,
O Dieu vainqueur,
Sauvez Rome et la France,
Par votre Sacré-Cœur.

Pitié, mon Dieu ! c'est pour notre patrie
Que nous prions au pied de cet autel.
Les bras liés et la face meurtrie,
Elle a porté ses regards vers le ciel.
    Dieu de clémence, etc.

Pitié, mon Dieu ! sur un nouveau Calvaire,
Gémit le chef de votre Eglise en pleurs :
Glorifiez le successeur de Pierre
Par un triomphe égal à ses douleurs.
    Dieu de clémence, etc.

Pitié, mon Dieu ! la Vierge Immaculée
N'a pas en vain fait entendre sa voix ;
Sur notre terre ingrate et désolée
Les fleurs du ciel croîtront comme autrefois.
    Dieu de clémence, etc.

Pitié, mon Dieu ! pour tant d'hommes fragiles,
Vous outrageant, sans savoir ce qu'ils font ;
Faites renaître, en traits indélébiles,
Le sceau du Christ, imprimé sur leur front !
    Dieu de clémence, etc.

Pitié, mon Dieu, votre Cœur adorable,
A nos soupirs ne sera pas fermé ;
Il nous convie, au mystère ineffable
Qui ravissait l'Apôtre bien-aimé.
    Dieu de clémence, etc.

Pitié, mon Dieu ! que la source de vie
Au près de nous ne coule pas en vain !
Mais qu'en ces lieux Marguerite-Marie
Nous associe à son tourment divin !
    Dieu de clémence, etc.

Pitié, mon Dieu ! quand, à votre servante,
De votre cœur vous dévoiliez l'amour,
Vous avez vu la France pénitente
A ce trésor venant puiser un jour.
    Dieu de clémence, etc.

Pitié, mon Dieu ! trop faibles sont nos âmes
Pour désarmer votre juste courroux ;
Embrasez-les de généreuses flammes
Et rendez-les moins indignes de vous !
    Dieu de clémence, etc.

Pitié, mon Dieu ! si votre main châtie
Un peuple ingrat qui semble la braver.
Elle commande à la mort, à la vie,
Par un miracle elle peut nous sauver.
    Dieu de clémence, etc.

Langres, imp. Firmin DANGIEN.

ON TROUVE

A LA LIBRAIRIE DE FIRMIN DANGIEN

3, rue de l'Homme-Sauvage, à LANGRES

HISTOIRE DU CULTE

DE

SAINTE PHILOMÈNE

Thaumaturge du XIXᵉ siècle

INSPIRATRICE DES PÈLERINAGES NATIONAUX

suivie d'un

RECUEIL DE PRATIQUES DE DÉVOTION

en son honneur

PAR M. LOUIS PETIT

Ouvrage approuvé par Mgr l'Evêque de Langres

Prix : 2 fr.; par la poste, 2 fr. 40.